COLIN THIELE

DIE TTUPAK

Illustriert von MARY MILTON
Aus dem Australischen übersetzt von Gertrud Rukschcio

VERLAG ST. GABRIEL, MÖDLING

Der australische Originaltitel lautet:
Colin Thiele / Mary Milton, „THE SKNUKS“
Verlag Rigby Limited, Kent Town, Adelaide,
South Australia

Lizenzausgabe für Österreich, Deutschland und die Schweiz:
Verlag St. Gabriel, A-2340 Mödling
ISBN 3 85264 129 2
Printed in Austria 1978
by Druckerei St. Gabriel, A-2340 Mödling

Es war einmal ein Planet, auf dem gab es Lebewesen, die hießen Ttupak. Sie hatten Ohren und Arme und Beine, und vorn im Kopf hatten sie eine Öffnung.

Der Planet, auf dem die Ttupak lebten, hieß Edre. Es war der schönste Planet weit und breit, er stand am Himmel wie ein goldenes Flimmern. Felder mit goldgelbem Weizen gab es auf diesem Planeten, die Obstbäume trugen goldene Früchte, und in den Gärten wiegten sich goldene Blumen.

Es gab Wälder dort aus hohen Bäumen, die Berge leuchteten wunderschön und blau, die Flüsse führten kristallklares Wasser, und das Gekräusel der Meere funkelte wie Millionen kleiner Spiegel. Und es gab grünes Gras und sanft glänzenden Sand, und über allem lag warmer Sonnenschein. So schön war der Planet Edre. Die Ttupak hatten wirklich Glück.

Die Ttupak waren nicht die einzigen Lebewesen auf diesem Planeten. Es gab dort Vögel mit Gefieder weich wie Daunen und bunt wie der Regenbogen. Sie sangen am Morgen und sie sangen am Abend und sie sangen den ganzen Tag über. Das Land war erfüllt von ihrem Gesang.

Die Ttupak hätten sehr glücklich darüber sein sollen, daß es auf ihrem Planeten solch schöne Vögel gab.

Und es gab Tiger mit samtigem Fell und Panther mit Augen wie Edelsteine. Es gab Pferde und schnelle Hunde und Antilopen, die anmutig und flink sprangen und liefen. Und es gab Adler, die am Himmel schwebten wie Götter.

In den Flüssen wohnten Lachse, die ihren Rücken wie einen Bogen spannen und höher in die Luft springen konnten als die Wasserfälle. Im tiefen Meer gab es Korallengärten, in denen die Fische umherflitzten wie Feuerpfeile. Dort gab es auch Wale, so groß wie schwimmende Inseln, und Thunfische wie stahlblaue Kugeln, und Delphine voll Lebensfreude und Übermut.

Wirklich, die Ttupak hätten sich glücklich preisen müssen, ihren Planeten Edre mit solchen Geschöpfen zu teilen.

Es gab auch Schmetterlinge mit Flügeln aus Goldstaub, zarter als die blauen Schleier des Abends. Die Insekten bildeten ganze Orchester, die in den Feldern und Wäldern musizierten. Es gab Eidechsen, deren Zunge dunkler war als die Stunden der Nacht und deren Panzer hart war wie Stein. Und es waren sogar Würmer da, die für das Gewand der Könige und Königinnen die Seide spannen.

Und auf dem Planeten Edre gab es funkelnde Diamanten. Es gab Rubine wie Tropfen roten Weins, und es gab Opale wie flammendes Feuer. Und unter der Erde gab es Gold in Barren, größer als Melonen, und Silber, das beim Schmelzen den milden Schein von gefrorenen Tautropfen verbreitete. Und Kupfer gab es dort, das wie flüssiges Sonnenlicht aus den Kesseln lief. In Höhlen, groß wie ein Dom, gab es Kohle und verborgene Seen aus Öl und ganze Berge aus Eisen.

Herrlicher Planet Edre, voll von Wundern! Die Ttupak hätten glücklich sein und ein dankbares Lied singen müssen:

Jeden Tag
und immerzu,
ist es herrlich, hier zu sein.
Unsre Edre ist das Schönste,
und wir haben Glück,
haben großes Glück
hier zu leben.

Nur leider, die Ttupak waren *nicht* glücklich.

Sie stritten und sie keiften, sie zankten und sie vergeudeten und sie raubten und plünderten. Sie mischten sich in die Angelegenheiten ihres lieben Nächsten, sie waren neidig, gereizt und ungeduldig, sie rafften, rissen an sich und bedrohten andere, sie bestahlen sogar ihre Nachbarn und spionierten bei ihren Freunden.

VOR ALLEM: SIE WAREN HABGIERIG.

Die Ttupak legten ihre Wohnhöhlen über dem Boden an. Sie fällten Bäume und entfernten das Erdreich, bis alles flach und öd dalag. Dann gossen sie eine unfruchtbare graue Paste, die sie Noteb nannten, auf den Boden, und darüber bauten sie dann ihre Wohnhöhlen. In jedem Bau gab es mehrere Löcher.

Die Ttupak lebten in ihrem Bau in kleinen Gruppen, und jede Gruppe wollte eine bessere Wohnhöhle haben als die Nachbarn. Der Vater-Ttupak hieß Nnam, die Mutter-Ttupak hieß Uarf. Die kleinen Ttupak wurden meist Dnik genannt.

Die Ttupak verbreiteten sich schnell. Anfangs gab es nur ein paar Tausend, dann auf einmal schon Millionen, und schließlich Millionen mal Millionen. Immer mehr Bäume schlugen sie um, immer gründlicher plünderten sie den Boden und stauten Flüsse und Bäche auf. Sie gruben die Kohle aus und verbrauchten das Öl und verschwendeten Eisen und Kupfer. Ihre Wohnhöhlen wuchsen immer höher, immer höher. Die Ttupak saßen darin dicht beieinander in Klumpen. Ihre Behausungen wuchsen nach allen Richtungen, bis sie höher waren als die Hügel ringsum und mehr Platz einnahmen als die Ebene.

Sie stellten millionenfach unnütze Dinge her, mit denen sie ihre Wohnhöhlen vollstopften, so daß sie selbst kaum Platz hatten. Sie verfertigten Dinge, die einen Tag hielten oder eine Woche, dann wurden sie weggeworfen. Sie stellten Schachteln und Behälter her aus Pappe und Plastik und Schaum und Gummi, die sie wieder in Schachteln und Behältern verpackten. Und schon nach kurzer Zeit warfen sie alles weg, und es lag in wüsten Haufen herum.

Nichts gefiel einem Ttupak besser, als sein Haus mit Kinkerlitzchen und überflüssigem Zeug vollzustopfen.

Die Ttupak waren angriffslustig, habgierig und streitsüchtig. Immerzu hörte man sie schreien: „Das gehört mir!" oder „Gib das her!" oder „Ich will das haben!" Sie rotteten sich zusammen und schrien: „Das ist unser Land, nicht euer Land!" und „Gebt uns das Land, sonst zeigen wir euch, was mit Leuten geschieht, die nicht tun, was wir wollen!"

Sie verfertigten die schrecklichsten Waffen, um ihre Gegner zum Gehorsam zu zwingen. Ihre Feinde sollten erblinden oder sterben. So handelten sie.

DENN SIE HATTEN KEIN GEWISSEN.

Sie bauten Fabriken für Gewehre und Kanonen und Bomben. Sie erfanden entsetzliche Gifte und Todesstrahlen und lenkbare Raketen. Aus ihren Hochöfen strömte Gestank, aus den Schornsteinen Rauch, und aus Kesseln und Röhren ekle Flüssigkeiten und Gase.

Sie versuchten sogar die allerkleinsten Teilchen zu zertrümmern — und das ist, als führte man eine Kobra an einem Stück Bindfaden spazieren.

Und sie machten ihren Planeten kaputt. Sie verseuchten ihn, sie zerstörten ihn, sie ruinierten ihn. Ihren schönen Planeten Edre . . .

Die Flüsse und Ströme verloren ihren Glanz, die funkelnden Bäche wurden zu trägen, verschmutzten Rinnsalen. Die Fische der Gewässer starben.

Die Meere wurden zur dicken Brühe, die schlimmer stank als Spülwasser. Seltsame Pflanzen mit riesigen Blättern blockierten Häfen und Buchten. Selbst die Wale wurden vom Schmutzwasser krank, die Delphine starben.

Die Ttupak machten auch die Luft kaputt. Sie wurde so grau vom Staub und verpestet von Ruß und Abgasen, daß die Vögel keuchten mit offenem Schnabel. Nicht einmal die Ttupak konnten mehr atmen, also trugen sie, wenn sie ins Freie gingen, Gasmasken und Sauerstoffbehälter.

Das Land verödete. Die Bäume starben. Auf den Feldern verfaulte die Ernte. Die Nahrung wurde knapp. Viele Ttupak starben vor Hunger, noch mehr konnten sich kaum am Leben erhalten.

Um diese Zeit flogen Reisende, die von anderen Planeten kamen, an Edre vorbei. ,,Dies war einmal der schönste Planet von allen'', riefen sie. ,,Und seht ihn jetzt an!''

,,Wir müssen landen und ihnen helfen'', meinte der Anführer. ,,Wir müssen sie warnen, ehe es endgültig zu spät ist.'' Also landete das Raumschiff, und die Reisenden wollten mit den Ttupak sprechen und ihnen raten, wie Edre gerettet werden könnte.

Aber die Ttupak waren nicht nur habgierig und gewissenlos, sie waren auch dumm und grausam und mißtrauisch und boshaft.

,,Diese fremden Wesen sind Feinde!'' brüllten sie. ,,Traut ihnen nicht! Greift sie an! Tötet sie!'' Sie holten Bomben und sie holten Raketen und gingen zum Angriff über. Da bestiegen die Reisenden ihr Raumschiff und es erhob sich hoch in die Luft.

Der Anführer war wütend, und er sagte gerade heraus, was er dachte:
„Sollen sie doch in ihrem eigenen Unrat ersticken!“
Er warf kaum einen Blick zurück auf die sternenbesäte Spur seines Raumschiffs,
die von Edre tief hinein ins Weltall führte.
„Diese Ttupak sind die wüstesten Lebewesen,
die es je im Weltall gegeben hat.
Sie sind sogar noch ärger
als jene Geschöpfe, Menschen genannt,
die einst den schönen Planeten Erde zerstört haben.“

Die Ttupak fuhren fort, gegeneinander Krieg zu führen und alles kaputtzumachen. Sie kämpften um das bißchen Wasser, das noch nicht faulig war, und sie kämpften um das bißchen Land, das noch nicht öd dalag. Und dabei ruinierten sie, was sie noch zum Leben gehabt hätten.

Wo sich einst Weizenfelder im klaren Wind gewiegt hatten, lag jetzt eine Wüste, über die Staubwolken zogen. Wo einst lebendige Städte gelegen waren, standen verfallene, steinerne Ruinen.

Auf diese Art und Weise machten die Ttupak aus ihrer schönen Heimat ein vergiftetes, ödes Land, in dem man nicht mehr leben konnte, und mit der Zeit starben die Ttupak aus. Denn keiner von ihnen war imstande, sie zu einem gemeinschaftlichen Sinn, zu einer gemeinschaftlichen Arbeit zu bringen.

Dabei hätten sie es so schön haben können.
Arme, dumme Ttupak!
Armer, schöner Planet Edre!

Vielleicht fragst du jetzt: ,,Sind sie wirklich ausgestorben?'' Nun, da gibt es einen kleinen Zweifel. Reisende aus dem Weltraum glaubten nämlich, eines Tages in einem abgelegenen Tal eine kleine Gruppe Ttupak zu erspähen. Ihr Anführer landete, um der Sache auf den Grund zu gehen. Er schickte eine aufregende Nachricht hinauf:

,,In einem engen Gebirgstal, umgeben von hohen Bergen, wohnt ein alter Ttupak-Prophet, halb so alt wie die Zeit. Er unterrichtet eine Gruppe junger Ttupak und schärft ihnen ein, daß sie alles ganz anders machen müssen, als es früher geschah. In einem seltsamen Singsang erzählt er ihnen traurige Ttupak-Geschichten:

Lernt — und lernt schnell,
Niemals Kriege zu führen,
Niemals habgierig zu sein,
Niemals Erschaffenes zu zerstören.

Lernt das gut und merkt es euch,
Denn es könnte euer letzter Tag sein.
Doch noch gibt es Hoffnung
für den schönen Planeten Edre.

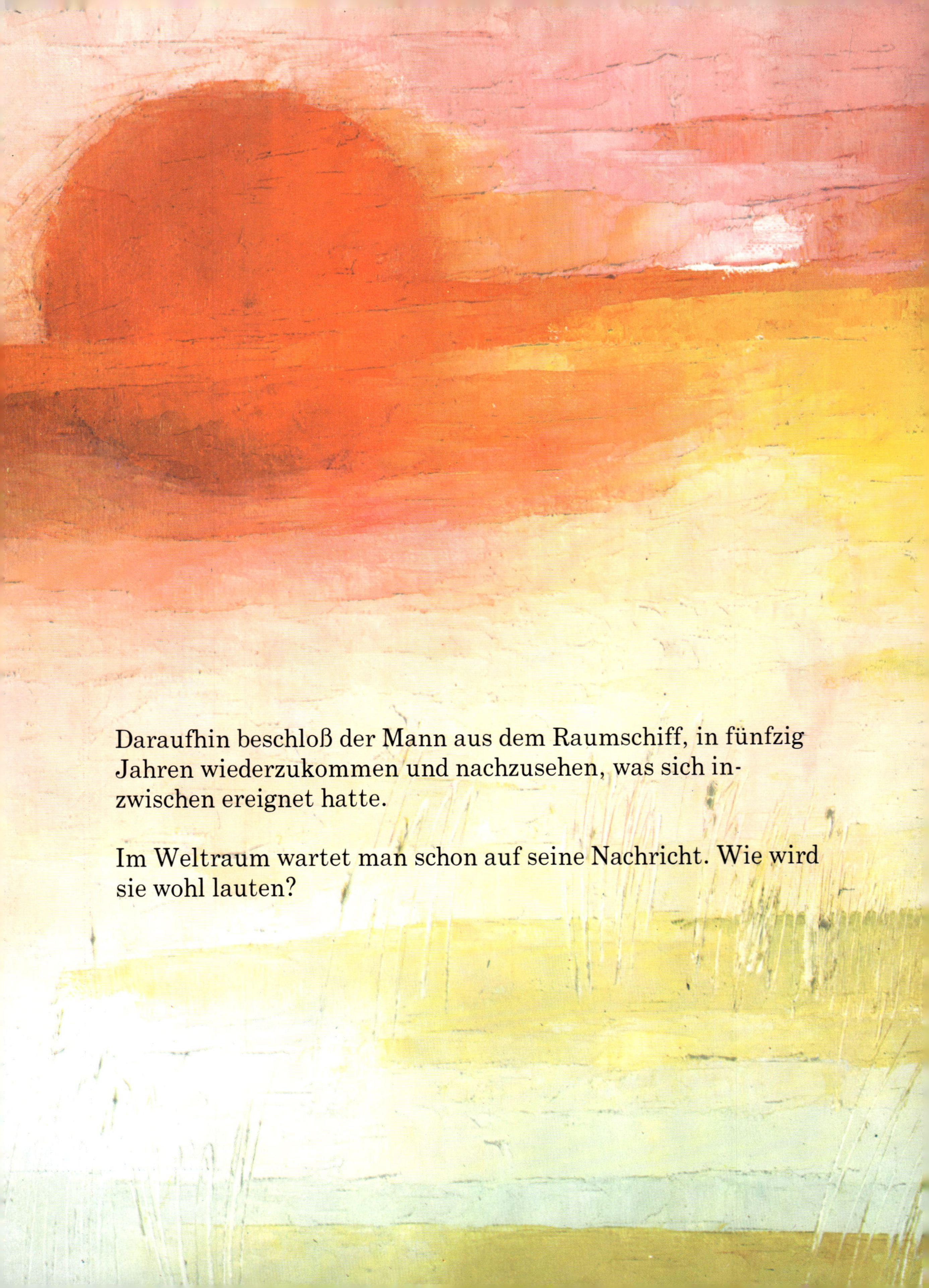

Daraufhin beschloß der Mann aus dem Raumschiff, in fünfzig Jahren wiederzukommen und nachzusehen, was sich inzwischen ereignet hatte.

Im Weltraum wartet man schon auf seine Nachricht. Wie wird sie wohl lauten?